9 789777 898333

العنف

الأسري

كتاب	:	العنف الأسري
اسم المؤلف	:	خديجة عمر
نوع العمل	:	إرشادات
عدد الصفحات	:	50صفحة
غلاف	:	هبة إبراهيم
تدقيق	:	سارة الببلاوي
إخراج فني	:	مريم محمد سيد
رقم إيداع	:	2023/22955
ترقيم دولي I.S.B.N	:	978-977-8983-33-3

نبض القمة للترجمة

جمهورية مصر العربية ـ القاهرة

مدير الدار: أ/ وليد عاطف حسني

موبايل: 01116058384

الميل: nabdalqima@gmail.com

العنف

الأسري

خديجة عمر

الإهداء

سيكون أول إهداء أخطه بأناملي بكتابي الأول هذا إلى
كل أسرةٍ صالحة تعامل صغارها برفقٍ شديد.

المقدمة

إن هذه الحياةُ قصيرة، ومهما طال بلكَ العمر سيأتي يومًا وتنتهي هذه الحياة.

وكل ما يجب عليك فعله هو أن تترك بصمةً جميلة بهذه الحياة، فإن الكلمة الطيبة صدقة، والاحتواء من الأسرة مهم جدًا لأفرادها، فعلينا التفكير جيدًا عندما نُقدم على بناء أسرة، يجب أن نبني أسرة صالحة سليمة هادئة مكونة من أبٍ وأمٍ يملكان قَدِرًا من التفاهم، ولا يعيشا طيلة حياتهما داخل دائرة مغلقة من الصراعات، بل يجب أن يصبوا كل تفكيرهم برعاية أبنائهم وتنشئتهم التنشئة الصحيحة.

تعالوا معي نستعرض إحدى تجارب عدم التفاهم بين الأب والأم وما هو نتاج ذلك!؟

أن ممارسة العنف الأسري ضد الأطفال ينتج عنه العديد من المشاكل الصحية، فمن الممكن أن ينتج عنه تأخر في النمو أو النطق، ومن الممكن أن يدخل الطفل في أمراض نفسية مثل التوحد، فممارسة العنف الأسري تجعل الطفل يكبر بداخله الخوف ويصبح جبان ولا يجرأ على مواجهة المجتمع بمختلف أشكاله.

دعني أصطحبك عزيزي القارئ برحلة صغيرة بين سطور قصتي هذه أنا خديجة عمر أبلغ من العمر اثنا عشر عامًا، طالبة بالمرحلة الإعدادية، تحبني أمي وترعاني كثيرًا وتحاوطني بسورٍ عالي من الحب، تبعد الحزن عن عيناي، هي وأبي سببًا رئيسي بكوني هنا ومعكم تقرؤون سطور عملي.

أنه اليوم الأول من العام الدراسي تطرق أمي باب غرفتي، وتدخل تزيل ستائر النافذة لتفتحها، ويطل نور الصباح على غرفتي تقترب من فراشي متحدثة بحنيتها البالغة:

_خديجة ... خديجة استيقظي أنها السادسة صباحًا وستتأخرين على المدرسة.

تأففت حينما تذكرت أنني من الآن وصاعدًا سيتم إيقاظي كل يومٍ في تمام السادسة صباحًا، وهنا تحدثت قائلة:

_لِمَ لا تمتد إجازتي لأسبوعٍ آخر؟!

ـكفاكِ كسل يا صغيرتي، وهيا توضئي وأدي فريضة الصباح وارتدي ثيابك وسأحضر لكِ وجبة الإفطار.

قبلتني أمي وذهبت خارج الغرفة، نهضت من فراشي وفعلت ما قالته لي، وجلست على سجادة الصلاة أدعو الله بأن يكون هذا اليوم هو بدايةً لعام دراسي يحمل تفوقي؛ حتى أدخل السرور بقلب أبي وأمي.

خرجت من غرفتي تناولت وجبة الإفطار مع أمي وسط ضحكاتها وحنين فؤادها الذي يرعاني دومًا.

جاء الاتوبيس الخاص بالمدرسة؛ فودعتني أمي وهي تدعي لي الكثير من الدعوات التي تنير سمائي.

تحركت بي القافلة أنا ورفاقي في طريقها إلى المدرسة، وهنا وقفنا بطابور الصباح نستمع لكلمة مدير المدرسة الفاضل يرحب بنا ويتمنى لنا عامًا دراسيًا موفقًا.

بحجرة الدراسة أجلس إلى جوار وجهٍ جديد جاء إلى المدرسة، فتاةٌ عنوانها البراءة يكسوها الحزن يتخللها

الخوف والوحدة والاضطراب، حاولت الحديث معها مرارًا وتكرارًا بين الحصص، ولكنها كانت تأبى إجابتي، في بداية الأمر قال لي عقلي:

_ما دخلكِ أنتِ بتلك المتكبرة دعيها وشأنها، والتفتي فقط إلى دروسكِ.

ولكن رفض قلبي الإنصات إلى عقلي وصار يُلقي عليها النظرات بين الحين والآخر.

انتهى اليوم الدراسي، وذهبتُ إلى منزلي.

استقبلني أبي بين أحضانه يدللني كالعادة، أخذت أبحث عن أمي حتى أخبرني أنها تُعد وجبة الغداء، فذهبت ركضًا إلى حيث توجد أمي بين أواني الطهي تُعد لنا أشهى الأكلات، وأخذت أقص على مسامعها أحداث يومي منذ لحظات البداية وصولًا بتلك الوافدة الجديدة إلى المدرسة، قصصت عليها رفضها للحديث معي حتى لم أعرف اسمها وهنا أجابتني أمي قائلة:

ـ التمسي لها العُذر يا بنيتي، لعلها تخشى المكان ولم تعتاد بعد التعامل معكم، وربما تعاني من الوحدة، أو أنها مُتعبة، حاولي معها مرارًا وتكرارًا حتى تصبحون أصدقاء.

في اليوم التالي وعند قدومي إلى المدرسة وجدت رفاقي يعاملونها بشيءٍ من القسوة ويتهموها بالتكبر والتعالي.

رأيتها تتجنب الجميع وتبكي بزاوية منفردة وحدها.

ذهبت إليها وجلستُ إلى جوارها قائلة لها:

ـ هل يمكنني أن أتحدث إليكِ؟

نظرتُ لي وهي تكفف دموعها قائلة:

ـ نعم يا خديجة فأنا أحبك منذ يوم أمس لأنكِ الوحيدة هنا من تعاملتِ معي بلطفٍ.

ابتسمت حتى أخفف عنها الضغط الذي يسيطر على ملامحها هذا قائلة بكل وِدٍ وحب:

_ تعرفين اسمي ولا أعلم ما اسمك.

ابتسمت أخيرًا مجيبة:

_ أنا ....

لا أود أن أذكر اسمها بين سطور قصتي حرصًا على رغبتها.

تحدثتُ معها بجديةٍ عن حزنها ووحدتها، ولِمَ هي لا تتحدث مع أحد مطلقًا، وأن رفاقي لم يقصدوا إهانتها، ولكن هم فقط اعتقدوا أنها متكبرة ومغرورة.

قالت:

_ دعيني أحدثك عن تفاصيلٍ خاصة بي.

قالت هذا وهي تكشف عن ساعدها وقدمها؛ لتظهر آثار الضرب المُبرح الذي تتلقاه، وكانت صدمتي هي العنوان الرئيسي لِمَ أشاهده

_ من فعل كل هذا؟

امتلأت عينيها بالدموع قائلة:

_ إنني أقابل عنف شديد مع أسرتي، فأمي وأبي دائمًا على خلاف، أنا أعاني من التوبيخ دائمًا على أبسط الأشياء وأقلها من أمي، وأبي لا يُطيق وجودي إلى جواره في جلسةٍ عائلية، فأنا أعاني ليل نهار من سوء معاملتهم لي ليل نهار، أتعلمين يا خديجة كنت أتمنى أن أجد حضنًا يحتويني حينما أحزن من الدنيا ألجأ إليه، كنت أود أن أجد منهما شخصًا قاسي والآخر ينبع حنين أختبئ بين طيات حنيته حينما يُبكيني الآخِر.

لا أحد ينظر لي يفكر ماذا يكون شعوري حينما أجدهم يتشاجرون؟!

إلى هنا انتهى وقت الاستراحة وكان يجب علينا الذهاب لاستكمال باقي اليوم الدراسي فقلت لها:

_ هيا بنا يا عزيزتي لقد انتهى الوقت ... علينا أن نذهب الآن، دعي حزنك وهيا بنا نذهب لحجرة الدراسي.

انتهى اليوم وعُدت إلى منزلي، لم يشاهد أبي مرحي المعتاد معه؛ بل دخلت إلى غرفتي مباشرةً لأبكي لحال رفيقتي، أعجز عن التفكير بالأمر كيف لها تعاني كل هذه المعاناة بهذا السن الصغير.

دخل لي أبي يحاول جاهدًا فهم ما يحدث معي، فقلت له:

_ كيف يمكن أن يقسو الأب على صغاره؟

قال لي بشيء من الدهشة:

_ ماذا بلِك؟ ماذا حدث؟ ماذا تقصدين؟

أجبته وأنا أقص عليه ما تمر به صديقتي، وهنا دخلت أمي لتستمع لباقي الحديث بإنصاتٍ شديد.

وبعد الانتهاء من الحديث أخذتني أمي بين أحضانها وأنا أبكي بشدة وأقول من بين دموعي:

_ كيف لأمٍ لا تحتوي صغيرتها بين أحضانها؟

_ كيف توبخها حينما توقظها من النوم بدلا من أن تقول لها صباح الخير؟

ظلت أمي تربت على ظهري؛ حتى هدأت وقالت لي:

_ نحن لم نتطلع إلى حياتهما من زاويةٍ قريبة، نعم هما خطأ، ولكن لعل لهما أسباب خاصة تجعل حياتهم غير مستقرة بما يؤثر بالسلب على راحة تلك الصغيرة، هوني عليكِ ولا يحزن فؤادك صغيرتي.

أكمل أبي مؤيدًا لحديث أمي قائلًا:

_ كما قالت لكِ والدتكِ، هوني عليكِ ولا تحزني، كل ما يمكنكِ فعله هو تقديم يد العون لها، وأن تكوني لها الصديقة المقربة التي تحتوي أسرارها.

في صباح اليوم التالي كانت صديقتي غائبة عن المدرسة، كنت أشعر بالقلق عليها ولا أعلم كيف يمكنني التواصل معها؟

فلقد نسيت سهوًا أن أسألها على رقم هاتفها، ومرَّ يومين على هذه الحالة تغيب صديقتي عن المدرسة، ولكن في اليوم الثالث جاءت صديقتي، وهنا كانت المفاجأة فأصابع أباها تتجسد على خديها.

حينما شاهدتها احتضنتها بشدة وأخذنا نبكي سويًا.

شاهدتنا معلمة الصحة النفسية وقالت لنا:

_ما الذي يجعلكما تبكيان؟

نظرنا إليها، وإذا بها تشهق حينما شاهدت وجه صديقتي، وظنت أننا تشاجرنا سويًا وأنني قد قمت بصفعها هكذا، ولكن صديقتي نفت هذا الشيء وقالت أنها تشاجرت هي وأختها بالمنزل.

وباليوم التالي أبلغتنا إدارة المدرسة بموعد امتحانات الشهر، وأنها ستبدأ بعد يومين.

كانت الحالة النفسية لصديقتي لا تجعلها تذاكر دروسها بالمنزل وسط خلافات لا تنتهي، اقترحت عليها أن تأتي إلى منزلي ونذاكر سويًا، ولكنها رفضت بشدة.

تقابلنا في اليوم التالي وكان لدينا امتحان في مادة الرياضيات، وتتابعت الامتحانات باقية الأسبوع.

ولقد أخبرتنا المعلمة أن النتيجة سوف تظهر اليوم، كل أصدقائي في الفصل كانوا سعداء جدًا بخبر ظهور النتيجة

اليوم، ولكن صديقتي كانت حزينة، وغير متفاعلة، فلا تمتلك الفرحة التي يمتلكونها.

ودخلت المعلمة وبيدها درجات الامتحان وأخذت تنادي على أسماء الطلاب وكل طالب تذكر له درجته في الامتحان

وهنا جاء دور صديقتي ذكرت اسمها وبدرجة امتحانها، ولكن كانت هي أقل طالبة وأقل مستوى بل تُعد من الراسبين، لذلك طلبت منها استدعاء ولي أمرها، وهنا دخلت صديقتي في نوبة البكاء؛ حزنًا من نفسها لأنها لم تُحقق النجاح وخوفًا من بطش أبيها وأمها.

وبالفعل في اليوم التالي والدها ووالدتها

وقامت المعلمة باستقبالهم في غرفه مدير المدرسة واجتمعوا مع الإدارة الخاصة بالمدرسة ومدرسين المواد الدراسية، وكان الجميع يشتكي من أداء صديقتي ومدى تحصيلها واستيعابها الدراسي.

وقالت إحدى المعلمات:

_ إنها حصلت على أقل الدراجات مقارنةً برفاقها في الفصل.

نظروا إلى ابنتهم وقاموا بتوبيخها والإساءة إليها أمام جميع المتواجدين بالغرفة، وتوعداها بالعقاب الشديد، وغادرا المدرسة، وأمرتها المديرة بالعودة إلى الفصل، ولكن قبل أن تغادر طلبت منها أن تعمل على تحسين مستواها الدراسي.

صعدت صديقتي إلى الفصل بعد ذهاب والديها من المدرسة، وكان كل التلاميذ ينظرون إليها بشيء من السخرية، وهي تشعر بالخزي من نفسها.

ذهبت إليها وجلست إلى جوارها وتحدثت معها وقلت لها:

_ أخبريني ماذا حدث معكِ يا صديقتي في مكتب مدير المدرسة؟

وماذا قال لك والدكِ ووالدتكِ؟

دخلت في نوبه بكاء شديدة وأخبرتني ما حدث معها بالتفصيل، وكيف تعرضت للإهانة من والدها ووالدتها أمام

جميع المدرسين، ولكن في الحقيقة قد كنت أنا قمة استغرابي من تصرف والدها ووالدتها تجاهها، ولكن تغاضيت عن هذا وقلت لها:

أنتِ صديقتي العزيزة، لا تحزني من هذا التصرف فلربما هما لم يقصدا إهانتكِ أمام الجميع؛ فهذا من حزنهما لا أكثر.

وقلت لها أيضًا قال رسول الله صلى الله عليه وسلم:

_ "من خرج في طلب العلم كان في سبيل الله حتى يرجع"

صدق رسول الله صلى الله عليه وسلم

عليكِ أن تجتهدي، وتتركي حزنكِ هذا جانبًا الآن وتنظرين فقط إلى مستقبلكِ.

انتهى اليوم الدراسي وذهبت كلًا منا إلى منزله.

رجعت هي إلى منزلها؛ لتجد أمها وأبيها بانتظارها وقد قاما بتقييدها وتعنيفها وإهانتها بألفاظ سيئة، وكذلك ضربها ضربًا مبرحًا، وبعد ذلك تم فك قيدها، وتركوها أرضًا تنتحب متوجهين إلى باب الغرفة، ظلت تصرخ وتشكي لهما من ألم شديد بذراعها، ولكن لم يعيرها أي اهتمام وذهبا إلى الخارج.

تحاملت صديقتي على نفسها وخرجت من الغرفة؛ بل من المنزل كله دون أن يشعرا بها، ظلت تركض بالطرقات تبكي وتشكي للطريق وجعها، وأحضرتها قدميها إلى منزلي، وطرقت الباب ففتحت لها أمي متسائلة باستغراب:

_ من أنتِ؟ وماذا تريدي؟

قالت لها:

_ أنا صديقة خديجة، ووقعت بأرضها مصابة بحالة إغماء.

أسرعت أمي تنادي أبي، فحملها ووضعها بفراشي وطلب لها الطبيب الخاص بنا، وجاء الطبيب وفحصها والذي أسف عليها كثيرًا، وتحدث لأبي قائلًا:

_ إنها تعاني من صدمة نفسية، وانهيار عصبي حاد، والغريب في الأمر أن تلك الصغيرة قد تعرضت لضرب عنيف تسبب بكسر يدها اليمنى؛ ولذلك هي يجب أن تُعرض سريعًا على دكتور متخصص.

نظر أبي إلى أمي وقال لها:

ـ علينا أن نأخذها إلى المستشفى.

وفعلًا أخذها أبي وأمي للمستشفى وتم وضع الجبس على يدها.

ذهبت أمي إلى بيت صديقتي؛ لتتحدث إلى أمها، وأخبرتها أن صديقتي بالمنزل لدينا، وهذا ما جعلها تنزعج جدًا وتتوعد لها بالعقاب الشديد على تركها للمنزل، وهنا لم تتحمل أمي أكثر وانفجرت بها قائلة لها:

_ لم تفكري بها كيف سيكون وصعها وهي بعيدة عنكِ، لم تفكري بوضعكِ أنتِ كأم بعاطفة الأمومة، كل ما تفكرين به هو العقاب والمحاسبة، ولكن دعيني أن أقول لكِ إذا كان هناك شخصًا يستحق العقاب هنا؛ فهو أنتِ وزوجكِ هذا على ما فعلتموه بطفلة صغيرة لم تتجاوز الاثني عشر عامًا فقط.

دعيني أقول لكِ أن ضربكما لها تسبب بكسر ذراعها ألم تلاحظي هذا، ألم تشتكي لكِ.

عاجز لساني عن وصف تلك القسوة التي تكمن بداخلك أنتِ وزوجك كيف تضربونها بهذه الوحشية إلى أن تصلا بها إلى كسرها، ألم يتألم قلبكِ وأنتِ تشاهدين دموعها، لم

أعطيكِ ابنتك إلا حينما أتأكد أنكِ ستحافظين عليها، ولا تعاملينها بهذه الوحشية مرة أخرى.

غادرت أمي منزلها؛ فقامت أمها بالاتصال على زوجها والد صديقتي وقصت عليه كل ما حدث وقالت له:

_كثرة الخلافات فيما بيننا جعلتنا نقسو عليها لهذا الحد وأنها تركت المنزل ولن تعود مجددًا، لقد قمنا بكسر ذراعها، نحن من كسرنا ابنتنا بدلًا من أن نحتويها من العالم ونخشى عليها من أن يمسها أحد بسوء كنا نحن السوء بالنسبة لها.

عادت أمي إلى المنزل حزينة من تلك المقابلة مع والدة صديقتي، فكانت لا تستوعب كيف لها أن تعاملها بهذه الوحشية، أليس هذه ابنتها، كيف أن تفعل بها هذا؟

وكيف تخرج من المنزل ولا يشعران بها، ولكن ضحكت أمي بينها وبين نفسها بمرارة قائلة:

_ لم تشعر بها وهي تتألم إلى جوارها، ستشعر بها حينما تبتعد عنها، لم أعلم كيف لي أن أداوي وجع هذه المسكينة من أهلها، فحقًا هناك داءٌ ليس لها دواء.

دخلت أمي غرفتي وأمرتني بالخروج وجلست إلى جوار رفيقتي أخذتها بين أيديها وقبلت جبينها وبدأت تتحدث إليها:

_ كيف حالكِ اليوم؟

أعلم بمدى حزنك، ولكن كل شيء سيكون جيدًا أعدك بهذا لا تقلقي فأنا معك، ولن أدعك تعودي لهما إلا حينما يتغيرا.

انهمرت صديقتي في البكاء وأخذت أمي تربت على ظهرها قائلة:

_ لا عليكِ كل شيءٍ سيمر لا تحملين نفسكِ فوق طاقتها.

لم تتمكن صديقتي من الحديث منذ الأمس وأبلغ الطبيب هذا لأبي وقال أنه بسبب سوء حالتها النفسية، ويجب أن

يتم معاملتها باللين، وأنها تحتاج لأن تخضع لتأهيل نفسي لتتجاوز كل ما مرت به.

جاءت والدتها وأرادت أن تراها وتتحدث إليها، ولكني رفضت هذا بشدة، ولكن أمي أوضحت لي بهدوء أن أتركها تتحدث معها لعلها تعترف بذنبها وتصلح ما أفسدته، فوافقت على مضض.

دخلت لها والدتها وشاهدت ذراعها وهو بالجبس هكذا وهي تتطلع إلى السقف، ولم تشعر بها في البداية.

تحدثت لها والدتها والدموع تغرق عينيها لما أوصلت ابنتها له قائلة:

_ كيف حالك يا صغيرتي؟!

وهنا فزعت صديقتي وانزوت على نفسها وظلت تصرخ وتصرخ، وتحاول أمها تهدئتها، ولكن كلما اقتربت منها فزعت أكثر؛ ولهذا دخلنا أنا ووالدتي عليهما، وطلبت أمي من أمها أن تتركها حاليًا حتى تتحسن، ومازالت

صديقتي تصرخ وتصرخ إلى أن ابتعدت أمها للخارج، وهنا احتضنتها أنا وأخذت أهدأها أن لا تخف من شيء وأني معها ولن أتركها ولن ترجع إليها ثانية؛ بل ستعيش معي دائمًا حتى هدأت بالفعل ونامت.

خرجت إلى الخارج وقد فقدت كل سُبل تحكمي بنفسي، فأخذت أتحدث مع والدتها وأوضح لها ما فعلته بابنتها قائلة لها:

_ لماذا تبكي؟

وبختني أمي ولكن قالت لها أتركيها أريد أن أستمع لها وأعلم ما حدث مع ابنتي، فأكملت حديثي قائلة:

_ كيف لكِ أن تعاقبيها هي بعد كل خلاف بينك وبين زوجك؟

_ لماذا تعاقبوها على فشلها الدراسي وأنتما السبب الرئيسي به؟

_ هل وفرتوا لها سُبل الراحة النفسية التي يجدها كل طفل بين جدران منزله؟

_ لا أعلم كيف تقوم الأم بنهر ابنتها على مرئ ومسمع من الناس وتنتقص من قدرها؟

_ هل شعرتِ بالرضا حينها؟!

_ أي عقاب هذا الذي يؤدي إلى كسرها؟!

لم تكتفيا بكسرة النفس دائمًا؛ فتبعتوها بكسرة بالجسد.

_ لِمَ جئتِ بها إلى هذه الدنيا؟

وهنا اعتذرت منها وتركتها وعدت إلى غرفتي أجلس بجوار رفيقتي النائمة والحزن يشع من كل إنشٍ بوجهها.

وهنا تابعت أمي حديثي معها وقالت:

_ لا تغضبي من ابنتي فهي حزينة على رفيقتها.

ردت عليها بالكسرة نفسها التي كسرتها هي لابنتها قائلة:

_ بالعكس؛ فلم تخطئ ابنتك بشيءٍ هي قالت لي كل الحقيقة التي كانت تغفل عني، ألهذا الحد كنتُ قاسية مع صغيرتي؟!

وأجهشت بالبكاء المرير وأمي تواسيها وهي تردد:

_ لا عليكِ ما حدث قد انتهى، فكري فقط كيف تصلحي ما أفسد بتلك العلاقة بينكما.

وهنا كففت دموعها قائلة:

_ هل ستسامحني صغيرتي وتعطي لي فرصةً أخرى؟

ردت أمي:

_ عليكِ بمراجعة نفسك وإعادة الحسابات والعمل على أن تجعلي من بيتكِ بيئة هادئة مستقرة حتى تتجنبي الضرر الذر تسببت به الخلافات بينك وبين زوجكِ.

وقالت أمي لها اتركيها هنا حتى تصلحي أمور بيتكِ ويكون وضعها النفسي استقر بعض الشيء، وبالفعل وافقت

والدتها على طلب والدتي، وبقيت صديقتي برفقتي في منزلي.

ولكن باليوم التالي جاء أبيها غاضبًا إلى منزلنا ويريد أن يراها ويأخذها عنوةً وهذا ما رفضه والدي ودعاه للجلوس معه قليلًا وأخذهما الحديث حول مشاكل الحياة والعمل وأن أبيها يعاني من مشاكل بعمله يجعله يضغط على زوجته وابنته وقال له أبي أن هذا غير صحيح وأن رسول الله صلَ الله عليه وسلم قال في حديثه الشريف:

"كلكم راعٍ وكلكم مسئول عن رعيته".

وأنه هو رب هذه الأسرة وعليه العمل على توفير الأمان والاستقرار لها، وهنا اقتنع والدها بحديث أبي، وطلب منه أبي أن يتركها ورغبتها حتى تستعيد قدرتها على الحديث مرة أخرى، ونصحه بزيارتها بشكل يومي والحديث إليها بهدوء هو وزوجته.

بعد عدة أيام كانوا يجلسون ثلاثتهم أمام الطبيب النفسي، وأخذ الحديث بين الأب والأم والطبيب يتبادل بعدة جلسات، وبعد ذلك قام الطبيب النفسي بالحديث معها عدة مرات قبل أن يجعلها تجلس معهما.

وجاءت الجلسة المرتقبة تحدث في بدايتها الطبيب قائلًا:

_ جميعنا نخطأ ولكن حينما يبادر أحد بتصليح أخطائه عليه أن نعطيه الفرصة كاملة لتصحيح مسار رحلته بهذه الحياة، وهنا عليكِ أن تستمعي جيدًا إليهما، وتتركي مجال لبدء الطريق لتصحيح المسار بينكما، لن أضغط عليكِ بشيء كل ما عليكِ فعله هو أن تسمعي ما سوف يُقال منهما.

أومأت برأسها؛ فتحدث الأب قائلًا:

_ لا توجد أي كلمة للأسف تمحي خطأي بحقك صغيرتي، ولكن تعلمين لا أجيد النوم بفراشي بعدما ذهبتي أذهب يوميًا لغرفتكِ لتحتويني، أتدثر بفراشكِ لعليّ حينما

استيقظ أجدكِ بين أحضاني، لا عُذر يكفي، ولا أسف يُقال؛ ولكن دعيني أن أطلب منكِ المسامحة.

بكت كثيرًا وهي تستمع لكلمات أبيها وكم حقًا هو تغير من أجلها، وهنا نظرت إليها أمها قائلة:

_ تنظرين إلى أباكِ بكل هذا الحب، ألا يوجد بداخلكِ جزءًا ولو بسيطًا خُصص لي، أفتقد حضوركِ وغيابكِ، ذهابكِ ومجيئكِ، أفتقد بحثكِ عني عند عودتكِ من المدرسة، غبتِ فغابت الروح مني يا قطعة من فؤادي.

وهنا ارتمت الصغيرة بين أبويها تنعم بدفء حضنهما الذي افتقدته منذ كانت صغيرة لا تفقه شيء تركض من حضن أمها لحضن أبيها حينما يعود من العمل، ومن حضن أبيها لحضن أمها حينما تُعد لها وجبة "السيريلاك" المفضلة وهي ابنة العامين أو الثلاثة أعوام.

عادت الأسرة إلى منزلها وعاد معها الحب والأمان والاستقرار.

وفي النهاية دعوني أقول لكم أن أبسط حقوقنا كأطفال أن نعيش حياةً آمنة وهادئة وسط أسرتنا التي تحبنا وتحتضننا وتهتم بأمور حياتنا وتناقشنا في كل شيء، حتى لو كانت صغيرة، ولكنها من الممكن أن تكون كبيرة بالنسبة لنا، إذا قامت كل أسره بواجبها كاملًا تجاه صغارها؛ فسوف نصنع أجيال يخرج منها الطبيب والمهندس والمعلم والباحث ورائد الفضاء والكاتب والشاعر، ولكن كثرة الخلافات في الأسرة قد تشرد الأطفال وتقودهم لترك منزلهم يعرضهم أن يصبحون لصوصًا مشردين بالشوارع، وإذا قامت الأسرة أيضًا بزرع الدين والقيم والاخلاق بصغارهم، أصبح المجتمع جميلًا صالحًا قادرًا على تحقيق التقدم والتطور بشكلٍ فعلي.

تمت بحمد الله.

خديجة عمر